DER LETSCHT MORGESTRAICH
oder
Romeo und Julia in der Schwyz

Roger Thiriet

DER LETSCHT MORGESTRAICH
oder
Romeo und Julia in der Schwyz

E Fasnachtsgschicht frei nochem William Shakespeare sym Drama "Romeo und Julia"

uff Baseldütsch und Züritüütsch

vom Roger Thiriet

Lektorat: Peter Baumgartner

Alle Rechte beim Autor
Herstellung: Books on Demand GmbH, Norderstedt
ISBN 3-0344-0177-9

Inhalt

Vorbemerggig 7
1. Vorgschicht 9
2. Begeegnig am Morgestraich 13
3. Augeschyyn im Gellert 17
4. Drummle sinns, nit Oggsnerkübel 21
5. Entscheidig im "Bruune Mutz" 25
6. Haimligi Hochzyt im Käppelijoch 29
7. Kinderüberraschig im Gellert 35
8. Einzelhaft im Verkeersbüro 39
9. Show-Down uff em Hörnli 43
10. Basel und Züri – Happy End 49

Vorbemerggig

D Schwyz kennt bim Dialäggt, s isch glaar
Nid nummen ein, nei grad e baar
Drumm wenn mir jetz die alt Schmonzette
Vo s Montagues und s Capulette
Thematisch dien in d Schwyz verpflanze
Kasch nid uf jeeder Hochzyt danze
Mir wähle drumm zwei Idiom:
Basler Bebbi -   *Züri Gnom.*

Rein typografisch isch s esoo
Bim Schryybe also uusekoo:
Macht do e Basler d Schnure uff
Stoot d Zyyle – so wie jetzt – graad uff
Doch schwätzt en Zürcher impulsiv
Setzt en de Setzer soo kursiv
So sait em Lääser, dasch der Grund
S Lay-Out, woheer dänn äine chunnt!

E Dialäggt-Purischt – kasch waarte -
Dä wird bim Lääse durestaarte
Kei "Ilp", kei "scheen", kei "Boodeduech"
Kei "Fazeneetli" findsch im Buech
Die "Baim" und "Deen", wo kein me sait
Die hämmer grad zum Altstoff trait!
Vom druggte Dialäggt isch s Wääse
Jo daas: Me sott en könne lääse!

1. Vorgschicht

Wenn s am Mäntig Vieri schloot
Und dr Puls in d Hööchi goot
Wenn Jung und Alt deheim verstoole
Ihr Goschdüm ab em Eschtrig hoole
Wenn gschränzt wird z Basel, gruesst und pfiffe
Denn het s dr Hinderscht, Letscht ergriffe
S Härz schloot schnäll, d Gneu wärde weich
S isch z Basel wider Morgestraich!

Wänn d Zöifter tüend d Perückche zückche
Und d Fraue gönnd ga Blüemli pflückche
D Blaasmusig d Inschtrumänt poliert
Und stolz im Umzuug mitmarschiert
Wänn d Ross ums Holzfüür galoppieret
Bis dass de Böög dänn explodiert
Weiss jedde, was das söll bedüüte:
S isch z Züri wider Sächsilüüte!

S verhalted sich s aint Fescht und s ander
Wie Füür und Wasser zuenenander
E rächte Basler duet als bätte
Es sell dä Schneemaa schnäll verjätte
Und d Zürihegel schüttled d Chöpf
Gseends die vermummte Basler Tröpf
Vom Bellevue zum Barfiesserblatz
Isch men e bitz wie Hund und Katz.

Aber au ewägg vom Feschte
Stoot d Beziehig nit zum Beschte
Zürcher, Basler, s isch z biduure
Sind z underschiddlichi Natuure
D Rhy-Buebe und die Limmet-Kämpe
Hänn under sich jo ständig Lämpe
S händ d Zürcher mit de Basler Chritz
Wie s Montagues und s Capulets.

Käämsch bim e Basler schön an lätze
Wettsch mit em über Mammon schwätze
Nadüürlig, maischtens het er Gäld
Doch zeigt är s nit dr ganze Wält
Statt Kaviar, wo rundlig macht
Git s Glöpfer lieber als für s Znacht
Und zum go schaffe – soo isch d Laag
Do nimmt är s Drämmli - Daag für Daag.

En Zürcher wirsch vo wyytem ghööre
Proleete mit de groosse Rööre
Wievyyl Schtutz ass eer garniert
Und y syn Porsche inveschtiert
Er spillt na Golf und hät es Ross
Und d Chläider sind vom Hugo Boss
Er isch, me muess es kchonschtatiere
En Blöffer – super im Plagiere.

Die Basler sinn, es isch abstruus
De Zürcher s Ooperehuus schaluus
Und z Züri duets ne schüüli wee
Händs immer na kän FCB
De Basler sinn, es isch fatal
Vyyl Banggen ab ins Limmettal
Und d Zürcher sind mit de Chemyy
De Basler schampaar hinnedryy.

Do stüürt denn au die Story hi
Vo Romeo Z. und Julia B.
Eer Zürcher, sii vo Basel-Stadt
Eer Zöifter, sii dunggt d Fasnacht glatt
Zwei Kids voll Geegesetz – s isch glaar
Daas gieng nit zämme, gääb kei Paar
Wenn – und jetz schlugg drey Mool läär –
Dr Romeo nid an d Fasnacht wäär!

2. Begeegnig am Morgestraich

De Romeo Z., daas muesch em laa
Isch nid en Angschthaas, gseesch em s aa
Zwar hätt er amiggs scho as Chind
Vom Vatter ghöört, wie d Basler sind
Hätt gleert, die Fasnacht deet syyg schuurig
Syyg eernscht, zum nöd grad sägge truurig
Doch jetzt suecht eer in Findesland
Beschtätigung us erschter Hand.

Churz vor de Viere gseesch en lande
(Vieri am Morge, woolverschtande!)
Daa z Basel in den änge Gasse
Pflüegt eer sich dur die Mäntschemasse
Schtaat schliesslech z obberscht a de Freye
Liecht uus! D Dambourmajer schreye
S Kchommando, zackchig, churz und barsch:
"Morgestraich" und "Vorwärts Marsch!"

D Lateerne! s Drümmele! Und s Pfyyfe!
Dee Zauber duet au ihn ergryyfe
Gseesch euse Zöifter luege, schtuune
Und als wie besser wird da d Luune
Und immer chelter d Füess und d Händ
Vo eusem Morgestraich-Schtudänt
En heisse Tee hett jetzt syn Reiz
Dänkcht eer und suecht die neechschti Beiz.

Glyy merggt er, wo si lache, graije
Tee git s do nit, drfür gits Waije
Mit Ziibele druff, e Dail mit Kääs
Määlsuppe us em Plaschtiggfääs
Är wurggt das ungwoont Zmorgen aabe
Duet am e Zweier Wyy sich laabe
Und luegt e bitzli mied und stooisch
So ummenand, wär sunscht no doo isch.

Da – d Tür gaat uuf, s chunnt einen ynne
Im Bööggegwändli, und chuum dinne,
En Art en Pajass, son en Maa
Mit Hüüffe chlyyne Blätzli draa
Duet d Flööte in es Täschli schteckche
Und rüert de Chopf in neechschten Eckche.
Da wird s em Romeo ganz flau
Dasch gar kän Böög! Dasch jan e Frau!

Das lieblig Wääse, das isch wichtig
Macht Fasnacht bi dr "Alte Richtig"
No gnauer gseit, bi iire "Junte"
Si hänn dr Stammdisch in däm Spunte
E Frauezug mit Hut und Hoor
Es kunnt em Zürcher spanisch vor
Das isch nöd Sächsilüüte-Styyl
Deet sind dänn d Fraue in Zivyyl!

Doch einewääg, dr Romeo
Kaa s Aug nit vo däm Meitli loo
Wien e Gazälle wirggt das Schätzli
Im blau-rot-schwarze Satin-Blätzli
So lieblig, weich, erhitzt und rüschig
Es isch die alti optisch Tüschig
E Fasnachtsgoschdym macht persee
Us jedem Hoogge non e Fee.

Är goot, wo butzt das Wäseli
Sy Flööte mit em Bäseli
Grad aabe wien e heisse Kääs
Är luegts fascht furt, das hübsche Gfrääss
Und rutscht, lueg aa, was hesch, was gisch
Scho mit sym Stuehl an iire Disch
Fasst sich e Härz, sait - dasch der Clou -
Ich bi de Romi. Wer bisch du?

Dä Satz het glängt. Es isch scho gritzt
Die schöni Maid het d Öhrli gspitzt
Doch luegt halt au, was dümmer isch
Zur glyyche Zyt dr ganzi Disch
S isch plötzlig müüslistill im Spunte
Bis schliesslig d Obfrau vo de Junte
Ihn aaschnauzt über ire Aigle:
Bisch du emänd e Züriheegel?

S durfaart de Romeo süttigheiss
Vertammi, wänn men öppis weiss
So isch es doch de alti Raat
En Zürcher, wo a d Fasnacht gaat
Dörf z Basel beschtefalls zum Lache
Wänn Dritti loset, s Muul uufmache!
Verwütscht, wird euse Romi root
Und wöischti sich, er weeri toot.

Doch jetze döönt e Pfiff, e scharfe
Si gumpen uff und länge d Larve
Und "Yystoo", heisst s und "Fröllein, zaale"
Dr Maa us Züri lyydet Quaale
Will, jetzt verschwindet au sy Kätzli
Nur non e Fötzel liggt am Plätzli
Schnäll luegt är denn dä Fätzen aa
Und liist "Y love you. Julia!

S wär schön, mr könnte zämme eine nää
Null Achtesibzig Siibesibzää Null Acht Zää!"
Jetz log ä daa, die herzigi Gugumere
Verraatet em tatsächli d Handynummere
De Romeo chlämmt sich ys Bei
Er tröimt doch nöd, isch au nöd high
Fasnachtsverliebt, me hätt s gsee choo
Sweet Julia meets Romeo!

3. Augeschyyn im Gellert

Scho nämme d Junte mit dr Julia
E näggschte Halbe im Victoria
Da macht si öise Romeo uf d Sockche
Eer wott nümm lenger i de Höhli hockche
Zischt ab, bevor en andri lockcht
Und eer dänn nööd uf d Schnörre hockcht
Ja, schtill syy, seit eer sich, das mercki
Isch nöd de Zürcher ihri Schtercki.

Drum winkcht er, ass er zalle well
Und gaat uf d Gass, deet isch s jetz hell
Und zmitts im Drümmele und Pfyyfe
Da gseesch en nach sym Handy gryyfe
Wo bi dr Uuskchumpft nach ere Schtund
Tatsächli äntli äini chunnt
Und pfurret: Gänn s mr d Nummere aa!
Die? Ghöört dr Burgget Julia.

Mit Ce, Ka, De, Te buechstabiert
Seit s Uuskchumpftsfröllein dezidiert
Das heisst, si ghört zum Basler Daig
Ob eer dänn süsch no öppis heig
So frööged d Schtimm vom Hundertelfi
D Adrässe? Gellertstross, im Zwölfi.
Danggschön, Aadie, schöni Zyt
Macht siibe zwanzig, do gits nütt!

De Jüngling laat dee Wuecher chalt
Sy Handy-Rächnig zallt dr Alt
Und dasch dem weisch wie schyysseglyych
Er isch ja Zöifter und drum ryych
Goldkchüschte-like wont eer am steile
Bonzehüggel über Meile
Au d Nachbere lönd sich la gsee
S sind s Blochers vo de SVP.

Us däm Grund isch s em Romeo
Au grad uusgsproche gschliffe ko
Ass au sy Flamme allem aa
Vo Huus uus zimmlig Gäld muess haa
Daas hätt en also scho no gscholle
Wenn son e Schuss, e son e tolle
Deheim – denn miesst er si vergässe -
Dr Kitt määt vo de Fänschter frässe.

*Au onni daas macht dänkch de Vatter
Mais wie nid gschyyr am Gartegatter
En Bruut us Basel für syn Soon?
Jä adie Erb und futsch d Million
Und eini wo na Fasnacht macht?
Säg em Ferrari au Guet Nacht.
Drum isch es em au nöd ganz glyych
Ob s Julie arm seyg oder ryych.*

Jetz zieht er los und ganz ellei
So gässlet är zue ire hei
Und glyy kunnt scho dä jungi Maa
Ganz gyggerig im Gellert aa
Er gseet grad, doo isch Gäld im Spiil
Drum hän die Villen iire Stiil
Und d Gloggeschildli zaiges aa
Doo wohnt kei Pööbel nääbedraa.

Der Romeo stuunt, der Zünftersohn
Uf eim Schild, do stoot "Arthur Cohn"
Und uf em näggschte, *dasch dänn lääss*
Heisst s "Marcel Ospel, UBS"
Es woone d Autisammler Schlumpf
No doo, wenn au nümm sehr im Strumpf
Und jetz - e Schildli us Platin:
"Eric Burckhardt-Sarasin".

Hei, weisch wievyl hät für die Hütte
De alti Burckchet müesse schütte!
Zwar isch die Villa - ganz verreckcht -
Voll hinder alte Böim versteckcht
Doch daa, das merckschsch als Känner glyy
Cha kchän Proleet diheime syy
Doch gäll, wänn s dänn au addlig sind:
Es sind doch Basler. Also Find!

Eer weiss jetz nöd, söll er s riskiere
Und daa en Gloggezuug probiere
Doch au als Zürcher tscheggt er glyy
S wird eh kchei Sau diheime syy
Am Fasnachtsmeentig luegt me daa
Um die Zyyt no de Umzug aa
Drum lyyt eer uf e Buuch im Gaarte
Deet wott er uf sy Julia waarte.

4. Drummle sinns, nit Oggsnerkübel

Am Mäntig in der spoote Nacht
Het me by Burggets s Liecht aagmacht
Im Zimmer vo dr Julia B.
Hesch gheimnisvolli Schätte gsee
Wenn d gnauer zellt hesch, so sinn s zwei
Isch s Julie nid ellei dehei?
Dr Sherlock Holmes, dä wüsst jetz doo
Si het ein mit ufs Zimmer gnoo!

Tatsächlig! Giengt me jetz go luege
Säächt men im Näscht, - arg uus de Fuege -
Dr Romeo mit der Julia
S hänn beidi keini Kleider aa
Liige verschlunge im Momänt
E klassisch Byspiil für e One Night Stand
E Maa, e Schlaag, e nuggisch Miggi:
Mee bruucht s nit für e Fasnachtsquicky!

Isch Fasnacht, hänn zwoor d Naare suscht
Schynt s gar kei Zyt für d Fleischesluscht
Im Geegesatz zum Karneval
Pfläggt me dr Sex nur marginal
Und wenn s am Mäntig Vieri schloot
Git s bis zum Donnschtig-Morgeroot
In Basel numme eins, wo stoot:
Dr Cortège, wo nümm wyttergoot.

Duet eine an dr Fasnacht fummle
Isch s an de Strupfe vo dr Drummle
Schwätzt eini dir vom Bloose doo
No meint si sicher s Piccolo
Noch alle Basler Tradizione
Isch d Fasnacht vögelfreyi Zone.
Doch dr Erfolg vom Romeo
Bewyyst, es ka au anderscht koo.

Doch jetz lüpft dört der Bueb dr Kopf
Es fallt em y, däm arme Tropf
Är bumst nid irgendwo in Truns
Är bumst im Auge des Taifuns
Im Huus vom Erzfind z Basel-Stadt
Und s wäär jo überhaupt nit glatt
Wenn jetze, zmitts im Höpperle
D Frau Burgget käämt go böpperle.

Du, Julia, hörsch dr Romeo saage
Ych ghööre scho dr Kchüdderwaage!
S wird hell, s wird Taag, ych muess jetz gaa
Süscht plötzli schtaat dy Muetter daa!
Ach, süfzget d Julia ganz verschloofe
Du Liebe, due mi nit so stroofe!
Nit d Oggsnerkübel hörsch du matt
Du hörsch no d Drummle in dr Stadt.

Waas, Drümmeler? wird uufbegeert
Da weerdet doch scho d Chübbel gleert!
Du ghöörsch doch, wie die Manne schufte!
S isch hööchschti Zyyt, ych muess verdufte!
Ach Liebschte, neggt en d Julia kegg
Mir hänn scho lang Mischtkübelsegg
Und s ganze Huus duet schlummere
Mache mr no-n-e Nummere?

Doch de Romeo, nöd grad fuul
Trückcht ere en Chuss ufs Muul
Oh Julia, du liebs, du fyyns
Lueg deete, gib mr myni Jeans
Ach Jüntli, möcht dich wider gsee
Chasch mr my Schtutz-Gravatte gee?
Ach Blätzlibajass, uf dich schtaan y
Wo isch myn Parkcha vom Armani?

Doch d Julie, schyynt si no so fyyn
Wär nid e Burgget-Sarasin
Liesst si dä Lover, wien er koo
Sang- und klanglos wider goo.
Y ha dr s gsait, faucht si en aa
S sinn Drummle, nit dr Kübelmaa
Jetz sag mer zerscht, wie s um di stoot
Und wie s mit uns zwei wyttergoot!

Dr Romeo losst sy Schilet gheie
He wäggedem muesch nöd grad schreye!
Du gseesch dänn scho, wie s um mich schtaat
Wänn dyn Vatter mich erschlaat
Glaub s, de macht mir de Garuus
En Zürcher Zöifter i sym Huus!
Er git dr Julia e Schmutz
Tschüss, bis dänn – im "Bruune Mutz"!

5. Entscheidig im "Bruune Mutz"

S isch Fasnachtszyschtig in dr Stadt!
Und hütte hänn s die Gleine glatt
Es isch dr Daag au vo dr gruusig
Dissonante Guggemuusig
Die tüend em Romeo vo alle
Fasnachtstöön am beschte gfalle
He ja, das hämmer z Zürri au
Glyych wüescht, glyych luut, glyych falsch, glyych blau.

Punggt vieri macht dr Fasnachtsgascht
Us Basel-Wescht am Barfi Rascht
Är hoolt am Banggomaat no Stutz
Und högglet denn in "Bruune Mutz"
Rächtzyttig hett dr Zürcher gschalte
Ass är jo doo muess d Schnure halte
Und bstellt in Zeichesprooch ganz brav.
Dr Källner isch e Jugoslaw.

Es goot nit lang, so duet s em schyyne
Es käme vorne d Junte yyne
Lueg, d Julia fliegt uf en zue
Und froggt vor alle Lüt, die Kueh
Jä hesch es gfunde, Romeo?
He jo, sunscht wär er jo nit doo
Und dass d Umgäbig nit verschriggt
So sait er nüt, het numme gniggt.

Do, d Larve isch uf d Ablaag gflooge
Si het en in e Egge zooge
Und spruudlet, d Bäggli rot und gliehig
Wie sii sich vorstellt die Beziehig
Die Eltschte, duet si expliziere
Die muess mit Facts me konfrontiere
Ass die Romanze wurdi groote
Gäb s nummen eins: Sofort hüroote.

De Romeo wird zimmli bleich
D Idee daa mit em Morgeschtreich
Das isch em gründli abverheyt
Wer ych doch nur a d Schtreetpareid
Dänkcht er, deet isch es ja au luut
und wermer – und gseesch vyl mee Huut
Doch s het bis jetzt de jungi Maa
Sich nannig vyyl aamerkche laa.

Är weiss, zum öpper motiviere
Do muess me zerscht e bitz flattiere
Drum lobbt är jetz dä glunge Plaan
Das sygi, hüüchlet är, dr Wahn
Und erscht, wo sy Verlobti strahlt
Lanciert är, daas Mool unverschaalt,
En Voorbehalt, und zwar en schlaue:
Weer um Gott s Wille söll eus traue?

Mit däre Froog kunnt bi sym Schätzi
Dr Romi aber an die Lätzi
Me merggt, ass är si nonig kennt
Si blybbt am Ball, au wenn si sich verrennt
Was si im Kopf het, het si niene sunscht
Goot s um die Hyyroot oder goot s um d Brunscht
So zauberet si bim e Halbe "Römerbluet"
Die feertig Löösig us em Fasnachtshuet.

D Stadt Basel haig jetz miesse ums Verwoorge
Grad dr Verkeersdiräggter vo Luzärn entsorge
Dä hogg jetz z Basel im Verkeersverein
Und schnuri alle dryy und s loos e kain
Z Luzärn haig dää als Kuppler operiert
Und uff em Rigi Japsepäärli zämmegfiert
Daasch unsere Maa, sait d Julia verzüggt,
Dä Illi traut, was sich beweggt und s glüggt!

Dr Halt isch umme, d Julia muess furt
Är hätt zwor scho no Frooge zue däm Kurt
Und wartet zuedäm wien e läufig Hündli
No uf e Date für s näggschte Schäferstündli
Doch ebbe, d Fasnacht isch no jung
Und do kunnt s Gässle vor em Kaschtesprung.
So blybbt är hogge, solo und voll Sorge
Mit nüt as eme Trautermin am Donnschtigmorge.

6. Haimligi Hochzyt im Käppelijoch

S verstöön sich Basel, Bettige und Rieche
Syt jee als Paradys für glatti Sieche
So kennt e jeede Schwyzer Seppi
Zmindscht ein vo däne glatte Basler Bebbi
Die wo dr HD Läppli und dr Ruedi Walter
Erfunde hänn und au dr Nääbelspalter
S Huus 77a vom Spaalebärg und s Café Bâle
S sinn bsunderi Lüt, die Basler, eifach nit normal.

Si sinn au alles andere als spiessig
Goot s um die eige Eheschliessig
Das macht me nit normal am Fryttig
Wärsch blöd, do kunnsch jo nid in d Zyttig
Der nüünti nüünti nüünenünzig wär okey
E Wärchtig maischtens, und kei Sau het frei.
Esoo gsee biete sich für Frau und Maa
Die Fasnachtsdääg für e Beringig förmlig aa!

So macht s Zivilstandsamt für d Kunde
Die ganzi Fasnacht Überstunde
Im Dotzed billiger, so schiebe do die braave
Beamte bsoffe Volgg in Ehehaafe
Hei, wie die schaffe, Zyt dien schinde
Pro Durchgang zää so Naare binde
Und Proscht! Scho sinn si Maa und Frau
Dr Glopfgaischt! Vorwärts Marsch! – und Tschau!

So fallt s denn au nit bsunders uff
Am Fasnachtsdonnschtigmorge druff
Wo sich dr Ändstraich, s Fasnachts-Uus
So aaschlyycht – äächt e Riisegruus
Für die, wo nonig losloo könne
Und uf kei Fall scho wänn go penne -
Wo also mit dr Vieriglogge
Drey Lüt bim Käppelijoch dien hogge.

Do sinn Sweet Julie und dr Romeo
Mit em Kurt Illi grad erscht zämmekoo.
Will doch dr Vatter Burgget boggt
Dr Zünfter uf em Porsche hoggt
Und d Miettere s au nit verwinde
Wenn Zunft und Fasnacht sich dien binde
Muess jetz die Hochzyt haimlig syy.
Me sait däm au "Fait Accompli".

Zerscht wott dr Illi - vor em Sääge
Der ieblig Gäg für d Präss erwääge
Doch was en zimmlig irritiert:
Die Mittleri Brugg isch impregniert
Hundertprozäntig us Granit
Dää Seich, so brennt die Brugg jo nit!
Denn mach is, s isch au nit so düür
Für daasmool, sait er, ooni Füür!

"Wottsch du, Julia" froggt dr Illi
"Dä Romeo zum Maa?" "Das will i!"
"Und du?" meint är zum Romeo
"Wottsch du au d Julia?" "*Jaa, alsoo ...*"
Scho saust em Kurt sy Hammer aabe:
Und unserem Zürcher ghöört die Schaabe
Und d Dräänefurzer schränze barsch
Drzue dr Säxilüttemarsch!

Jetz wird s em Romeo aber z dumm
Verhunzt me soo myys Heiligtum?
Dr Dirigänt isch zwor e Brogge
E Hoogge rysst en vo de Sogge
Dr Pauker mischt sich in dä Krach
Är landet kopfvoraa im Bach
Und d Julia luegt em hindedryy:
Ciao Baschi! Dasch my Cousin gsi!

Jetz ischs bassiert, jetzt brennt dr Baum
Dasch Dootschlag jetz und nümm e Draum
Dr Fasnachtszauber isch verflooge
Die Hochzyts-Finte soo verlooge
Wenn daas im Bligg kunnt, loos wie s dätscht
Dr Bueb wird gnadeloos verrätscht
Und s Julie isch so guet wie doot!
Zum Glügg weiss do dr Illi Root.

Du muesch jetz furt, jetzt oder nie
Duube heisst s jetzt, Fääde zieh
Das heisst: verschwinde, Romeo
Drey Dääg lang darfsch nümm füreko
In däre Zyt will ych probiere
Dä Schlamassel z repariere
Und alli Spuure suuber z butze
Soo lang isch nüt mit d Frau verschmutze.

Was jetz bruuchsch, isch e stille Egge
Wo di e Zytlang kasch verstegge
Ych weiss en Ort, dört suecht di kein
My Büro – im Verkeersverein
Und kunnt zuefellig en Inspäggter
Seisch eifach, sygsch dr neu Diräggter
Bisch jung, us Züri bisch jo au
Und wartsch, bis i di hool – und tschau!

Denn schiggt er d Julia heim zum Bappe
Ziesch schnäll di ab und goosch in d Glappe
Doch no bevor s Sandmännli kunnt
Do nimmsch e Schlugg vo däm, dasch gsund.
Drby längt är – grad wien e Bappe –
In Blazer mit Luzärner Wappe
Und gitt ere – dä grisse Hirsch –
E Fläschli mit Luzärner Kirsch.

E Schlugg vo däm, und fangsch a gääne
Und nomoll ein, und denn bisch dääne.
Und findes di im Morgeroot
Das isch eso, gseesch us wie doot!
Si dien di denn, eb d Vögel singe
Ganz schmärzerfüllt uf s Hörnli bringe
Dä Siech wird denn drey Dääg lang goo
Und denn hausch s mit em Romeo!

"Furt mit Kurt!" - s wird gmacht wie gseit
Das het der Illi schampaar gfreut
S isch em scho eewig nümm bassiert
Ass eine sy Befääl uus fiert
Es het sich gloont, seit är sich doo
Bin ych uf Basel abe koo
Und zfride lauft dä Blazer-Stutzer
Heimwärts zmitts dur d Stroossebutzer.

7. Kinderüberraschig im Gellert

Nit-Basler wärde kuum verstoo
Wie s ime Elterehuus ka koo
Ass grad drei langi Dääg und Nächt
Und ooni ass es d Eltere gsächt
E Meitli kunnt und goot au flott
Und schlooft und feschtet grad wie s wott
So wird nur an dr Fasnacht gschafft
D Huusornig isch do nid in Graft!

Au s Burggets sinn jo mit drbyy
Göön spööter, laufe friehner yy
Drwyyle d Dochter duremacht
Schloof an dr Fasnacht? Wäär jo glacht!
Me gseet sich nit, dänggt nüt drbyy
Sällmol, no jung, bisch au rächt dryy
So dass me nit zue Panik neigt
Wenn s Döchterli sich lang nit zeigt.

Am Frytig im Verlauf vom Morge
Macht me sich aber doch jetz Sorge
Dr Burgget hinde, sii voraa
Göön uffe si zur Julia
Sii böpperlet, macht d Düren uff
Si kämpfe sich dur s Fasnachtsbuff
Und blyybe stoo, wie s Wyyb vom Lot
Im Bett liggt d Julia – und isch doot!

S syg nomol gseit an däre Stell
Die Basler Fasnacht isch speziell
Und drum isch für dr Räber Hans
Dr Mummeschanz au Dootedanz
E jeedes Joor, bis zum Verjääse
Muess Basel däm sy Hüülgschicht lääse
Doch abgsee vo so Dichter-Drame
Sinn d Doodesfäll sunscht ganz im Rahme.

Wär äär nit sälber reduziert
Hätt drum dr Burgget garantiert
Grad gmerggt, ass do sy läbloos Kind
E Knolle het, e dumme Grind.
Au d Mamme kunnt no nit ganz druss
Verwäggslet Siech mit Exitus
Und leischtet drum kei Widerstand
Wo Thomas nämme d Sach an d Hand.

Dr Thoma gseet me nit gärn koo
Und no vyl weniger denn goo
Bim Koo bringt är e schwarze Sarg
Und wär das nid ellei scho arg
Nimmt är bim Goo mit feschtem Schritt
Normalerwyys e Lyyche mit.
So isch am Fasnachtsfrytig doo
Au d Julia uf d Hörnli koo!

Sowytt hätt s klappt mit däre Plaanig
D Familie druurt und het kei Ahnig
Nit doot isch d Julia – nai, vyyl krasser
isch zue vo Illis Kirsiwasser
Jetzt schmoort si in dr Lyychehalle
Bis es em Pfaarer Kurt will gfalle
Dass ire Maa zue ire springt
Und sii mit über d Gränze bringt.

8. Einzelhaft im Verkeersbüro

S isch trooschtloos by dem Kurt dehei
Vercheersverein? Daa bisch elläi
Und d Akchte han i au all glässe
Was machet die au für es Wässe
Da um d Vermeertig vo der Schtadt?
Das bruucht s nöd z Züri, da isch s glatt
Müend daarum d Zürriheggel d Chole
Für d Basler us em Füür ga hole?

De Zöifter luegt sy Rolex aa
Und dänkcht, jetz wer s dänn allem aa
Zyt, ass dee Illi wider chunnt
Und mäldet, d Schüllere seyg gsund
uusgschlaafe und bim Eich paraat
Vor allem sexuell uf Draat
Das hät ja ä na kchänne gmacht
Es Hochsig onni Hochsigsnacht!

Bi all däm Warte und däm Blange
Sinn schliesslig die drey Dääg vergange
Vom Barfi häär still und verstoole
Wott jetz dr Illi en go hoole
Doch dummerwyys filmt TeleBasel
Halt eimool mee Passante-Gfasel
Und froggt dä Illi us Luzärn
"Wie ässe sii ir Schnitzel gärn?"

Bekanntlig isch kei Froog so dumm
Dr Illi kümmeret sich drumm
S wirft sich dr Kurt in Positur
Faart mit dr Hand schnäll dur d Frisur
Und luegt, ob sy Luzärn-Krawatte
Au gsee wird oder öb dr Schatte
Vom Schtadtcasino druff duet hange.
Derwyylscht isch rächt vyyl Zyt vergange!

Dr Häftling im Verkeersbüro
Gryfft, wo dä Illi nit will ko
Vor langer Wyyl zum letschte Mittel
Zieht d Basler Zyttig us em Kittel
Är list denn, glangwyylt mee, als gnau
Und – gseet der Noochruef uf sy Frau!
Was isch das? "Burckhardts Julia
War immer für die Fasnacht da"!

En luute Fluech verryysst jetz d Schtilli
Vom Büro, gmünzt uf de Kurt Illi
Wo vor dr Kamera Schnitzel frisst
Und ihn da inne schlicht vergisst
Drbyy luegt ja die Julia
D Radysli scho vo unnen aa
Jetz hät s em uff de Pinsel gschneit
Das Date isch meini abverheit!

Am liebschte wer nach dere Lug
De Romeo grad uff de Zug
Dänn tunkcht s en doch, er sött vo wägge
Aaschtand na ga Adie sägge
Und will kchän Chranz er cha ga chaufe
Laat er e Fläsche Schnaps mitlaufe
Wo uf em Pult vom Illi schtaat
Bevor er gschnäll zum Huus uus gaat.

Zur Fläsche, won är furt duet draage
Do sott me folgendes no saage
S isch Hypokras, wo d Basler meine
E bessere Fusel gäb s e keine
Us Zugger, Nägeli und Wyy
Es muess de Läggerli äänlig syy
Doch anderscht als bi däm Gebägg
Nimmt eim dää Fusel kein ewägg.

Im Geegedeil, s isch kein bekannt
In Basel-Stadt und Basel-Land
Wo jee dä Saft ooni Gebätt
Höggschtpersönlig drungge hätt.
Griegt ein e Fläsche, s isch zwor schytter
So schänggt er sy em näggschte wytter
S weiss jeede Appiteegger-Stift:
Dä Hypokras, dä wirggt wie Gift.

Dä Hiwyys het no miesse syy.
Jetz hoole mr dr Zürcher yy
Wo underdesse uf dr Strooss
E Taxi gfunde het, famoos
Zum Friddhof, gschnäll, seit är zum Maa
Dä luegt dr Romeo straalend aa
Und schloot em vor, dä Taxistar:
Wo sein? Du sagen – und ich fahr!

9. Show-Down uff em Hörnli

E Fridhoof, das liggt uf dr Hand
Bruucht jeedi Stadt und Gmeind im Land
Er bringt kai Glanz, duet numme koschte
Paris macht Staat mit "Père Lachaise" im Oschte
Und Wien mit sym Zentralfridhof
Wirbt für e tiefe, gsunde Schloof
(Z ganz Wien, das gänn au d Wiener zue
Herrscht flechideckend Fridhofsrueh!)

Dr Fridhoof z Basel, seit men amme
Heig wenigschtens e glatte Namme
Dä isch is in däm Drama doo
Scho friehner au scho z Ohre koo
Er heisst wie d Pasta, glei und grumm
Mit Loch und Röhre um und um
Wird gfrässe in der ganze Wält:
"Hörnli" heisst das Greeberfäld.

Dört usse, ganz am Rand vo Rieche
Duet Basel - wenn das alli mieche! –
Die dooti Burgerschaft kremiere
Oder im Boode deponiere.
Doch vorhär kunnsch in d Grabkapälle
Und hörsch dy Dooteglöggli schälle.
Dört liggt au d Julia ganz still
Und wartet uf dr letschti Grill.

Und wo isch eigentlig dr Kurt?
Momänt – erscht grad sinn s Burggets furt
Die ganz Familie lyydet sehr
Und schwimmt drvo im Dräänemeer
Doch git s kei Rueh. Es isch e Fluech
Jetz griegt si grad scho wider Bsuech!
Drbyy isch Bsuech e Foltermittel
Die meischte kenne s us em Spittel!

Was schlyycht für ein zur d Düre yy?
Ka s denn dr Romeo scho syy?
Kuum, dää isch mit Säx Mool Säx
Grad Richtig Elsass unterwäggs
Dr Truurgascht, wo doo yyne iirt
Vo Drääne und vo Schnuder ganz verschmiirt
Isch heimlig au uf d Julia gstande
Nur het är nie rächt könne lande.

Aabätter vo däm Burgget-Kuehli
Het s vyyli gää – au bi den Ueli
In dr Elite-Drummelgruppe
Do stöön si uf so ARI-Puppe
So het sich au dä Fredy halt
In die Schüllere verknallt.
Doch wie si sinn, si dien gediige
Und löön e Dambour linggs lo liige.

Im Goschdym vom e Musketier
Mit Flammedrummle, Bandelier
Het är sich in d Kapälle gschummlet
Jetz wird die letschti Daagwach drummlet
Doch scho bim erschte Batafla
Kunnt dusse grad e Taxi aa
Ei Düre zue, die ander uff
Do stoot dr Romeo und isch muff.

Was isch dänn gopferdammi, was?
Bisch doch nid i dr Freye Schtraass
Weisch du dänn nüüt vo Tooterueh?
Und scho schloot unsre Romi zue!
Dr Fredy fliegt dur d Palmewäädel
An Opferstogg und bricht dr Schädel
Dr Romeo het ändlig Rueh
Und wändet sich em Sarggstell zue.

Hey Julia, was häsch au gmacht?
Ych han dr daa e Fläsche bracht
Ych nimmen aa, bisch mir nöd böös
Ych nimm en Schluckch, bi drum nervöös
Er sitzt uf Schtäge, chöpft die Budle
Und nimmt en Zuug, scho duet s en hudle!
Dr Hypokras leggt di in Trance
Als Zürcher hesch erscht rächt kei Chance.

Dr Todeskampf vo unserem Bängel
Isch kurz, denn haut er s zue den Ängel
Das hätt är sich nit draume loo
Won är an Morgestraich isch koo!
Doch wo sy Schiggsaal sich grad wändet
Dr Hypokras sy Wärgg volländet
Do losst em Kirsch sy Wirggig noo
Lueg – d Julia will zue sich koo!

Si längt an Kopf. Was isch au loos?
Dä isch doch sunscht als nit so gross
Und dinne sääge zwanzig Zwärgli
Lothar-Holz, e stattlig Bärgli
Vor den Auge flimmere Stärn:
Kirsch-Schmätter à la Kurt, Luzärn
Und schüüch schloot d Julia d Augen uff
Will Ornig mache in däm Puff.

Wauw, will si grad scho explodiere
Jetz muess my Schlaag me renoviere
Dä Fasnachtsdrägg kan ych nit haa
Jetz leg i grad zerscht d Linsen aa
Doch d Linse liige nit wo immer
Si isch jo nid in irem Zimmer
Si isch am Vierwaldstettersee
Wieso isch dä so root, herrjee?

Zmitts in däm See ligt Fredys Kopf
Und d Ohre vo däm arme Dropf
Die spyyse dä gewaltig See
Mit früschem Bluet (vo Gruppe B)
Dr Julia isch es gar nit rächt
Jetz goot s däm Fredy richtig schlächt
Si findet s hindedryy nümm gschiggt
Ass s en het vom Bettrand gspiggt.

Ganz scheniert drüllt unseri Fee
Dr Mölli um. – Was muess si gsee!
Dr Romeo isch nit läbiger
Ihm goot s villicht no schäbiger
Als rächts em Fredy in sym Bluet.
In was liggt dää? Das schmeggt no guet!
Si gryfft sich d Fläsche, nimmt e Schlugg
Und fallt jetz doot ins Särgli zrugg.

Au Basler, won en gwoont sy sette
Kasch vor em Hypokras nümm rette!
Är het dr Kirschsiech kumuliert
Und d'Jumpfere exekutiert.
Jetz wär die Story zimmlig rund
Es isch au Zyt, dr Keeruus kunnt
Doch wär dr William Shakespeare kennt
Weiss: Jetz fäält no s Happy End.

10. Basel und Züri – Happy End

D Eltere vom Romeo
Hänn mit dr Zyt au mitbekoo
Ass eine fäält am Mittagsdisch
Und s Bett syt fünf Dääg unbruucht isch.
Wo niemerts lut duet Muusig loose
Und keini Schiesser-Underhoose
Im Wöschkorb sinn, vom Draage warm
Schloot d Mamme Romeo Alarm.

Dr Vatter het zum Schaffe goo
Syt Aafang Merz dr Jaguar gnoo
Und s het en kei Sekunde quäält
Ass im Sous-Sol dr Porsche fählt.
Si hänn e bitzli rescherschiert
Dr "Bligg" studiert, telefoniert
Und sinn esoo denn notinoo
Uf d Schlich vo ihrem Söhnli koo.

Si hänn rasch d Wäxelnummere glänggt
Und an dr Gländgangwaage ghänggt
Dr Doggter Lutz het miesse koo
Si hänn sich gründlig impfe loo
E Färnrohr und Insäggtespray
D Gasmasgge, Kompass, NASA-Brei
Sinn grüschtet wie für d Wieschti Gobi
S erscht Mool Basel zue, die Globi.

Und via Gellert isch me jetzt
Mit Burggets schnäll uf s Hörnli ghetzt
Und luegt sich die Beschäärig aa
Zwei Geie doot und d Julia!
Bim Abschiidnää vom Romeo
Sinn syner Mamme d Drääne koo
Und im Momänt vom Trennigsschmärz
Schmilzt sogar em Zöifter s Härz.

Die zwei Mamme und zwei Bappe
Sinn no ins "Hörnli" ein go schnappe
Drby kunnt me doch au zum Schluss.
Dää Groossstadt-Zwischt syg doch e Stuss
Wenn Jungi, wo wänn karessiere
Grad Kopf und Graage mien riskiere
Und wie s so goot, bald het me glacht
Und über d Gränze Duzis gmacht.

So schütte denn in aller Rueh
D Fasnächtler, Zünfter Grääbe zue
De Doote z lieb dört uf de Schraage
Wett me in Zuekunft sich verdraage!
Soo laufe Romeos s näggscht Joor wichtig
Im Vortraab vo dr Alte Richtig
Und s Burggets hänn d Agända gsuecht
Und s näggschti Säxilütte buecht.

Dää Daag het s Schtädte-Klima gwandlet
E Basler z Züri wird als Mensch behandlet
De Zürcher z Basel rollt me halt (me miess!)
Rooti Deppig under d Fiess
An Morgestraich und au ans Böögefescht
Fiehrt d SBB scho Extrazüüg für d Gescht
Und überhaupt, halb Basel goot
Uf Züri und schafft dört für s dääglig Brot.

Uf die Idylle wurd me hütt no plange
Wär nid e Zürcher do an d Fasnacht gange
Und hät en nid e Basler Meitli heimegnoo.
S isch dr Verdienscht vo Julia und Romeo!